万物有生有命。

种子和废墟也是不朽的。

有谁见过废墟在大地上

又一次垮掉?

藏匿在泥土里的种子

不是不发芽而是没到时候。

芄兰的时候

莫非 著

商务印书馆
创于1897 The Commercial Press
2018年·北京

图书在版编目(CIP)数据

芄兰的时候/莫非著.—北京:商务印书馆,2018
(万物有生有命)
ISBN 978-7-100-16611-9

Ⅰ.①芄…　Ⅱ.①莫…　Ⅲ.①组诗—诗集—中国—当代②植物—艺术摄影—中国—现代—摄影集
Ⅳ.①I227②J429.5

中国版本图书馆 CIP 数据核字(2018)第 211413 号

芄兰的时候
莫非　著

商务印书馆出版
(北京王府井大街 36 号　邮政编码 100710)
商务印书馆发行
北京新华印刷有限公司印刷
ISBN 978-7-100-16611-9

2018 年 10 月第 1 版　　　开本 787×1092　1/32
2018 年 10 月北京第 1 次印刷　　　印张 5⅞

定价:68.00 元

萝 藦

萝藦开花，有了萝藦

萝藦花开，有了指望

萝藦的果，对着死对着生

萝藦的藤，依旧绕在你手上

目录

前言

春 分

长在唐代药典里曰萝藦，生在《诗经》里名芄兰。

一个神秘而禅意十足。一个妖娆而诗意满满。

这个一年生缠绕藤本植物，名副其实啊！

藏在《中国植物志》里，也是大名鼎鼎。

萝藦家族，花丁兴旺。有 180 属，2000 多种。

春分过后，荒郊野外，萝藦就生根发芽了。

夏至

《诗经·卫风·芄兰》引人遐想。

夏日里的萝藦一边开花一边结果。

这蓇葖果形状，与古代解绳扣的角锥十分相似。

芄兰之支，童子佩觿。虽则佩觿，能不我知。

芄兰都开花了，你也长大成人了。

看你戴着那么美的玉角，怎么就不懂我的心思呢！

3

秋 分

萝藦的蓇葖果日渐成熟。

稍稍碰到果实，乳汁状的白色黏液就会冒出来。

所以，萝藦在民间还有个俗名叫乳浆藤。

到了晚秋，叶子由绿而金，果实由青而黄。

蓇葖果在强烈的阳光下爆裂。

种子可以飞了，直到可以发芽的地方。

冬 至

大部分萝藦的种子都熟透了。

没有风，萝藦就叫风来。没有雨，就叫雨下。

是的，萝藦可以呼风唤雨。信不信由你。

乘风而去，天下都是萝藦的天下。

落雨而生，芄兰的云朵里仙女们当然不凡。

这纷纭的种子也见证了时光的纷纭。

6

我等你来

7

我在简单的诗句中，等你沐浴
在芭蕉辽阔的叶脉上，等你入眠
等黑夜完全过去了，我等春雨如油
等萝藦结果，不等萝藦开花

二月和小年，等一起来的救主
念想的雪的峰峦雪的村落
等河水流淌，听不见任何声响
等大千世界数着页码，等不及了

书的台阶高高在上，我等你看
劳动和抬头的屋檐等到什么时候
等你在囚禁的天边，带回翅膀
等我的利息在石头里被取走

小心翼翼的锦缎等来了婚礼

青草梦见新芽，柳枝潜入倒影
等太阳悠悠升起什么也不用等了
等你醒来再等我把这首诗念给你听

9

雨水之后

我在风中找你。在雨水之后
找你，在江南和江北找你回来

在冬天和灌木的枝梢上找你
在乳汁和饥馑的早春找来找去

在婴儿的摇晃中，河水退下
在妄想和妩媚的日子里找上门

黑发找到了白发。无心找到了
野心。傻子找到了一堆银子

II

好像天空找到了天外的星星
黑夜找到了省油和不省油的灯

我继续找。他们找的是他们的
而我相信的萝蘼不在萝蘼里

14

从春天开始

从春天开始，风吹着大风的肩膀
风的手抓住一个人，猛烈摇晃

仿佛梯子在半空。没有谁看见谁
跑在屋檐上。枯黄的草继续生长

15

说话就绿了。说话是一场细微的雨
落在漆黑的园子里。这里的冰

正在化解冬日的悲伤。似乎那悲伤
比三尺多一层，比冷少一个黄昏

万物的根芽发生了。花朵藏匿着
去年绷紧的树叶，发条一样松开了

这个刚开始的春天，蹒跚而来
虚弱的种子正在风中，像一场病

白色无声的火焰

19

白色无声的火焰，烘烤早春的早上
西风有了武断的形状，像尾随者

险些丢掉的尾巴。积雪在暗处惹事
你在汹涌的湖边打扫阳台和回忆

萝藦的种子噼里啪啦。只有一场雨
来到土里，万物才是万物的样子

灌木在乔木旁边，乔木在乔木旁边
发芽的是虫子，开花的却是蝴蝶

仿佛书的脊梁，完全暴露在太阳下
漆黑的字已经模糊了。漆黑的黑

叫出声来，叫不能叫的也全都叫了
词语和瓦砾在屋顶上，一片静谧

2I

枯死的藤蔓

想着你在旁边，看它们在果实里
酝酿一场漫天的飞行。看它们

在枯死的藤蔓上，生出爱和回忆
上帝带着时间的绒毛，给我们惊喜

给最初的荒野收拢泥土。早春的风
因为你来停在大树上，因为你来

紫花地丁开始转动。狗尾草从冬天
过来还是去年的样子，只是败了

好像不是打败的，而是心甘情愿
摇晃着。喜鹊编出一些梗概在枝头

万物有自己的故事。当初是泥土
最后是花开，这一切你都亲眼所见

西溪不语

十二月的风吹来了十一月的云朵
且留下雨的种子，你的萝藦的种子
野莴苣和早餐的种子，还在乔木上飞

溪水淌过溪水。如风声穿过蒹葭
叫芦苇的植物枯干了，尽管花开着

席地而卧青草，从编织的缝隙里发芽

芭蕉裹着芭蕉。雨的种子悄悄落下
二月和三月的种子，有了动静
往年的收成不比往年仿佛此刻

是明年的池塘在闪烁。是欢愉
在橘树空泛的摇晃中忘记了结果
大地上的梗概，残荷与香蒲的梗概

且留下。皇帝的红蓼在画卷里生长
在萍水相逢之后，风不知去处
雨的种子噼里啪啦，溅到石板上

你终于知道。二月和三月的云朵
竹林和读书的云朵，撞在一起

萝藦在手上尖叫，藤在藤上缠绕

四月在青梅的枝叶里，时隐时现
莼菜和荇菜在念想中时有时无
山河的种子也是风的种子那么遥远

仿佛四季的水车，停顿在水边
唯有时光一直走着，不再转身回来
唯有雨的种子，灌溉无言的荒野

而你保留种子的最好办法，是播种
开着窗子，可以看到乔木开着花
西溪的水是不走的，你也留下

我想你在

我想你在
在我们在的所有地方在
在栏杆和明月同在的时候在

在芭蕉花开的窗口我想你在
在云朵提着雨水的黄昏我想你在
在茶园青青竹叶青青的风中我想你在

在我想你在的任何国度在
在梦境和喜鹊混淆的阳台上在
在一棵漆树下早春和早餐也一起在

在寂静的村子在身边在
在苔藓死去活来的大森林里在
在不经意的点地梅与四月和在一起在

在羊群经过的片片草叶上在
在雪白的石头写字的石头上在
在烂掉的书籍和骑缝的大门上在

什么不在了还在我想你在
什么还在却不在了我想你在
什么和什么在不在不管他我想你在

在我们在一起别问了萝摩飞着在

在万物数着分秒的此刻等着在

在满山梨花回望溪流的桥边我想你在

永远也是一声嘀嗒

永远也是一声嘀嗒一秒也是一万年
在我这里。永远是露水的春天
蒹葭的春天。在我这里

就好像四月的门，对着四月的牡丹
在我这里。永远是最近一棵树
开花开了窗，开窗开了花儿

就好像琥珀的珠子，蜜一样的珠子
在我这里。永远是流水的永远
清澈的枝条，清晰的叶脉

就好像无患子的根苗静悄悄生出来
在我这里。永远是命里的珍宝
比什么都要紧比什么不比较

39

就好像水边缠绕的萝藦你唤她芄兰
在我这里。永远是高飞的云朵
下雨下在雨中打雷打出闪电

就好像一粒盐干干净净晒蓝了大海
在我这里。永远是涛声荡荡
珊瑚在生长，传奇在流传

就好像一场梦穿过你我的前世今生
太阳冉冉，永远从后面照耀群星
自然在初心上，初心在万物上

四月

你知道四月不是月份，春天不是天气

风和日丽泪流满面，风和日丽爱若痴狂

世界醒了。万物在土里鸟儿却在天上
我看你见你看见的，它们一动不动

那么快到了四月。虫子们照样飞那么高
好像不是虫子，而是长了羽毛的果实

西溪的萝蘼已经窈窕。西溪的水经过
我们的凝视，到了曾经到过的远方

到了最后，龙井和莼菜一样都是新的
仿佛雨的滴答回应一切疑问，雨的滴答

预知了石头和开花。这是去年的去年
紫竹院里有的，如今没有的也生长出来

书房

我看着你，任凭云朵和铁路的摇晃
继续飞，继续播种继续在早晨里

抢夺我的时间。仿佛西溪的水涨满了

不够用，公里和光的年份也不够用

我吻你的唇，即使呼吸放置在后面
冰雪缓缓流淌在山下，石头发出尖叫

书籍和阻挡不了的激情，依旧翻动
白色火焰，点燃了冬天和三月

你想起芦花和蒹葭，想起随了风的
万千的种子，会在小乔木的枝梢缠绕

忘记了莼菜，甚至莼菜忘记了浮现
只有萝藦从土里，还记得我们一起在

我看着你，任凭云朵和铁路的摇晃
继续飞，继续播种继续在早晨里

总有一天

49

上帝关照天下你会知道总有一天
这样抱着不说话只顾亲吻总有一天

寂静在稻田中省略呼吸总有一天
鹅绒藤慢慢长出透绿的翅膀总有一天

大海摇曳伸向海棠的枝条总有一天
时光缓缓切开盐和牡蛎总有一天

野萬苣明亮的种子降临总有一天
坡地上的食粮倒满了口袋总有一天

茶花和桂花联手春秋总有一天
幸福的人忘记了怎么回来总有一天

看风吹着云朵看世界吹着风总有一天
芄兰缠绵的藤蔓有了结果总有一天

松树上的瑜伽

53

你一个人隐遁在表面上
松香和呼吸那么安静的女儿
云朵停在最高处不言语不下来

万物看我们看见的不是万物
是抱在一起的灌木打开一条缝
针叶的春天穿过雨水的反光

浓密的花在枝头不断涌现
新月和天边都在最近的地方
溪水往回流淌，峰峦一片寂静

一个人渐渐露出青草的气息
塔里的种子吩咐给大地
心无旁骛的人啊自然心有河山

我们走

我们走。溪水在旁边几乎不走
看什么东西冒芽了
什么东西开花了
什么东西不冒芽不开花为什么
水倒着流，好像时间停在桥上
平淡的水在经过我们之后变得汹涌
结香的气息有的远有的不远
时间长出青苔，青苔长出葫芦里面是天空，外面是大海

雨的枝椏遮不住雨

疼都是挖出来的疼

仿佛星星一亮

照耀了半个天空

黑暗也可以划开一条道路

不怕自行车无人骑着却飞快

不怕飞翔不怕笼子空如也

好像世界第一次来到世上

第一次说话说不清楚
和梦不一样的地方
是我们醒来接着我们做梦
和早晨不一样的时刻
给我们露水却不给我们畅饮
天黑了，星星还没有出来
人老了，不怕好人愚钝
不怕坏人比我们聪明
不怕梅花欢喜青草出没
不怕万物在午夜醒来敲门
只敲两下，没了下文
不怕荠菜吃着露水
露水吃着芄兰
就像梦吃着不是梦的种子
不怕春天扛着木头和气球
不怕松鼠在柳枝上跑
跑到水杉的顶尖眺望人类和村庄

接骨木上的一粒萝蘼

就留在三月和四月中间

开花的草莓就是开花的篮筐

果实在篮筐里等着

青的变红的

变不了的才是最好

而烂掉的叫它们早些烂掉

悲伤如果太陈旧

会来新的

甚至恨也是枯枝干杈

长不出什么东西

只有樱桃的美樱桃的艳

嘴唇上

写了爱

嘴唇下

写了死

只有紧闭的嘴唇告诉你

初夏之歌

这初夏的黑夜如此恍惚，如此寂静
小女儿的睡眠，打开灵魂的栅栏

那里明月指点明月，河山鼓动河山
石榴的火焰刚刚燃起，无法无天

我的小女儿来了举着萝蘼的花枝
响亮的种子在荒野找到开裂的石头

水在西溪里，羽毛插进翅膀
羊群漫过青草，立夏连着小满

走散的事物又汇聚起来，开着花
灌木和乔木雨中酝酿了结果和时间

仿佛梯子的生长让树木也害怕了
我的小女儿来回跑，从明年到去年

青梅

雨从一棵树到一棵树落下
经过大地的庄稼，河流
经过时间的冲刷那么缓慢

那么远，一棵树到一棵树
仿佛隔了河山，河山隔了大海
你和我终于找到了我和你

一棵树到一棵树，有了结果
然后开花。悠悠的小女儿
在萝藦和蒹葭的西溪上

天天如此。天天可以是青梅
可以是雨的叶子落在雨里
在一棵树不到一棵树的时候

你看明月在山顶

你看明月在山顶，有风的时候
风在云里喊你，有明月的时候

那么远离那么近。只剩下一条路
好好的一条路，在时间的右边

用不快不慢嘀嗒声走着。用爱
和绝望搭伴走着。世界在马槽里

没有青草，没有豆子和盐
白昼跑掉了，一场雨挂在枝头

萝藦缠绕萝藦。飞出的种子
也让我们一起飞。水落在水中

西溪停在船上。蒹葭长成芦苇
词语的初心，给了你不朽的诗篇

雨声

蕾丝的云朵，给夏季编织琼花的花边
海也阔了天也空了。没有任何人

和你一样在任何地方，听着雨声
听着入梦的雨声，仿佛世界一片安宁

没有任何人看玉兰的叶子挂满水珠
青草坐卧不宁，它们行将枯萎的样子

让身心不一的长跑者赢得时间和教训
而你在高处不动。在不动的树下

松香弥漫开来，松针插入紧闭的门户
落寞和萝藦，仿佛彼此押韵的叹息

掩盖我们的欢愉。没有任何人相信
除你外，不早不晚上帝就在街上走着

风声

我的命我的血我的分分秒秒，还有你
全是新的，如闪电突然打开的石头

第一个早晨垂直落下。瓜和酒的种子
黑夜和睡眠紧密的种子，仅仅是一粒米

在荒野的尽头，被火焰的种子颠簸出来
烟的种子笼罩茶的种子。我的人在前

我的水土在后，节气和万物的梗概
筛选萝藦和杠柳的种子。青苔在蔓延

雨是它的种子，不用发芽就可以生长
不用收割就可以结束。天下都看见

我行我素的人啊，攥着葛藤的种子
而风声是一片森林的种子，你听你听听

早上的诗

在天堂的门口梯子沿着大雨下来
梧桐深处的积水依旧在街道上滑行
黑夜像两头发亮的木床骤然翘起

梦醒时分给你梳洗也给你忧伤
夏日滚烫的云朵熨平了丝绸的皱褶
明月曾经袒露因为河山未经照彻

你在我信的地方开花开了一世界

在我不信时候结果有了好结果

幸福的人啊唯有你知道我从哪里来

欢愉和不朽的爱一起缠绕如萝藦

林中滑腻的青苔是一道阳光的缝隙

区分开恍惚的日出与恍惚的日落

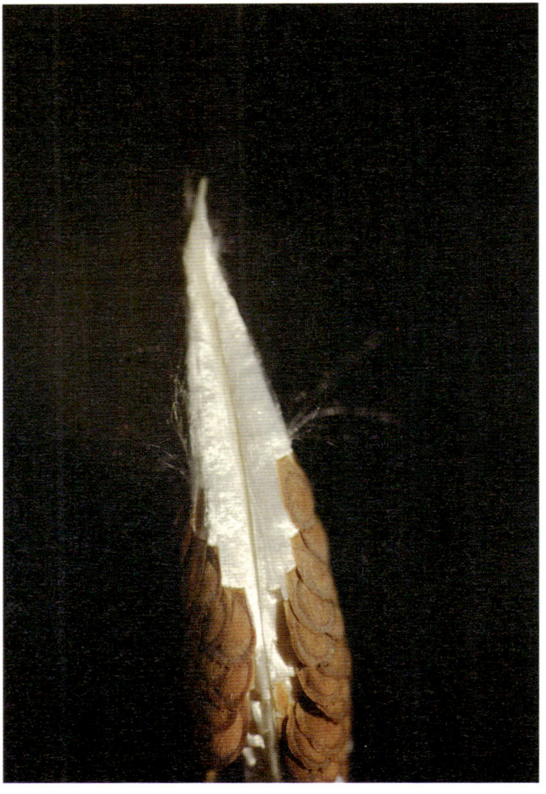

雷雨之夜

我听青衣唱《白蛇传》
多么安静多么冷
荒野里的虫子也有翅膀

一个手持照相机的人
在太阳下四处寻觅
龙葵发黑的果实

窗子突然闪烁
多么冷多么安静
金色的树叶摇晃着

87

马褂木高过马褂木

在开始的春天里

我想起每个角落的萝藦

飞过来好像风的源头

你在溪水的旁边

蘼葭开花一直到冬天

是芄兰

是篱笆墙外翠绿翠绿的芄兰
是金色荷塘重现的旧时光

是被嫁接的树上挂着柚子
是小乔亭亭的大房子关着窗

是我和你分分秒秒的梦境
是雨打在开了花的芭蕉树上

是爱和死一对孪生子在争执
是悲欣不断在不远的地方

是昔日山苦荬摇曳的种子
是你我的烦忧和你我的慌张

是我的宝贝和萝藦阵阵闪烁
是溪水在后窗静静地流淌

午夜的寂静

这午夜的寂静，在书和页码的缝隙里出洞
你在水里抓不到水。爱是逃离语言的一条蛇

大海的包袱不在岸上。我的肩膀已经掉了
接骨木的枝桠横竖都来了。香椿的梯子

靠在无用的树上。仿佛春天送来的鼓手
大地的轰鸣在湖上传递。你隔着大寒小寒

可以听鸟的扑打，种子与蝴蝶无声的尖叫
那里山脚刮风山腰开花。那里没有任何人来

寂静前面等了很久的一片寂静，不等了
萝藦的云朵吹着萝藦的风，天知道去哪里

天知道每一天什么样。萝藦一天的时间
比一天多好多，不管我们怎么用都用不完

太阳下山

99

太阳下山的时候，萝摩飞起
码头一阵摇晃，好像不是码头

好像水的丝绸做了水的新娘
多美啊！接骨木都给了接骨木

仿佛只有我在那里等我的人
在千万人中，千万不要辜负了

等我的人，在千万里那么遥远
还是来了。紧接着一场细雨

莲花打败梧桐，叶落无声
灵与肉的搅拌让世界转过去

你不知道的奇迹让我知道了
多好啊，就在太阳下山的时候

蝴蝶

平静如许的蝴蝶只是微微扇动
呼吸一样的翅膀掩藏了世界

仿佛积攒冬天的雪开始抖落
树叶和树叶没有先后都在地上

睡眠这宽大的帷幕掀开缝隙
黎明带着尖刻的触角已经来临

当蝴蝶发出一声细微的叫喊
湖水披着双色的斗篷搂住我们

我们的呼吸也落入远去的大海
蝴蝶和萝藦在同样的时辰里

撕咬着不断的忧伤无法调和
而毛毛虫和春天方可等物齐观

一个

我们一个

我们最好一个

我们最好的一个

我们的最好

大海一个

咆哮一个

深深的一个

无尽的一个

疼是一个

我一个

你也一个

就不是一个

我的你一个

你的我一个

再没有另外一个

妨碍我们一个

头一个

心一个

灵一个

神一个

萝蘼一个

星星一个

朝一个地方飞

飞到最高处还是一个

树一个

花开一个

风吹来一个

果实翻滚一个

不是一个爱一个

而是爱碰巧一个

黑夜一个

梦醒一个

天空一个

万物一个

听树叶

III

树叶的动静你听
仿佛隔窗有耳你听
山林随着节气冒烟你继续

听树叶透过树叶的一阵光芒
树叶摇晃一棵大树的巅峰
雷那么响天那么空

被筛选的星星团团转
树叶一样闪烁你听
树叶一样听不清

风在开始的地方听
树叶在铺开的雨声里听
风雨交加忽近忽远你再听听

一片树叶奔跑你听
一片树叶紧紧跟你听
一片树叶撞到墙上你听见吗

扑腾扑腾的树叶
东躲躲西藏藏的树叶
树叶不听你的只听树叶

远处的惊魂之鸟
让萝摩绝对的叶子
抖动荒凉的村庄羽毛的村庄

有时呼吸可以等一会儿
心跳怎么可以不跳
就好像树叶吹着树叶你听

听种子带着雪白的呼啸

听呼啸带着我们踉跄

听大地从来不怕野兽的嚎叫

怕的是人类细碎的脚步

仿佛世界的穿行漏洞百出

树叶碰到树叶一片叮当作响

听树叶说我爱你听

听说树叶照样千里万里听

听你说树叶全都来了那么寂静

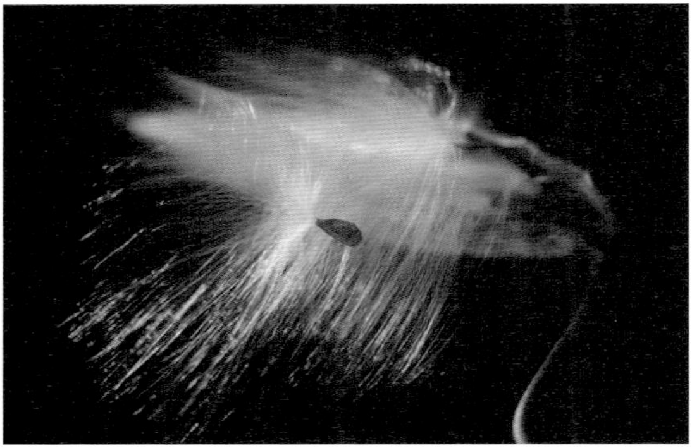

钉子钉在了钉子上

钉子钉在了钉子上
而不是钉子钉在木板上

如此牢靠的小板凳
手艺给了石头还不够

石头给了更深的大海
周遭一片荒芜

灌木的弓箭手充满渴望
落日按照自己的身影

梳理天空和羽毛
风在萝藦的下面疾走

大地的力气在消退
神的降临左右了黑夜

你的星星不光是星星
你捧起的盐粒那么雪亮

蒹葭金黄

蒹葭金黄的时候，你梦见萝藦
而萝藦飞起的那一刻，我顾不上

再说什么。秋天的格局已经注定
好似一片槭树的叶子有了出入

还是槭树的样子。在经文里藏匿
慢慢褪色。忘了植物学的注释

雪线的上升，龙胆和报春的差距
太远了。几乎从山顶到山脚

如果继续走下去，星辰更加响亮
烟云和鸟在低处飞谁也惹不起

仿佛庙宇的飞檐画出天空的一角
望尘莫及的一角，你正好碰到

雪

大雪的银色柴火堆满山岗，你会懂得
这雪的马匹，不管我们如何冷如何不冷

丢下雪的缰绳。天气没什么大的变化
天气也还是那个气色。当树叶看见树叶

由绿到红。我的人看见云朵由白到蓝
时间依旧不在意人世纷纭，不在意

万物之兴亡。江水经过细小的河谷
经过早春和深冬。两棵不一样的萝藦

开一样的花儿，在树上开或者不在树上
雪的叶子，几乎忘了雪的模样和来历

你都知道为什么不为什么，我的人啊
穿过亚麻穿过锦绣，而雪永远是最初的

青山

有一年也是江南的冬天
也是青山挡住恍惚的夕阳

透亮的风从果壳里飞出来
你手持萝藦从天而降

不知道种子都去了哪里
你去了哪里我还是不知道

水蓼细小的枝叶晃动了
雪白的芦荻守着金色的荷塘

我想起那一刻你的容颜
仿佛全部的话语只有沉默

只有缠绕蒹葭的芄兰
等在那里如今晚一样清澈

萝藦与芄兰

只有萝藦知道。芄兰在树上叫着你的名字
冬天的藤蔓依旧缠络着。一粒种子一直飞着

没有时间落下。雨的种子在前头要慢一些
风的种子可以赶上。这一切都碰巧遇见

不同的你同时在一起。就像新月洒满溪水
溪水消融。就像萝藦发现芄兰之时突然晕眩

喜鹊在搭窝。千里万里的人啊不知道
你曾来过。千里万里大海里捞针也捞起来

仿佛一滴雨，把一粒种子砸到深深的原野中
也因养育种子而养肥了的泥土，如此辽阔

缝合线打开了。不断的尖叫惊动了鸟儿
万物从起初飞走，而你在它们之间已经返回

从你身上

从你身上我追回一个人的梦境
一个人追回的时光又被挥霍一场

像大海的漩涡盗走无数黄金
往日的沉船如今生出一堆珠宝

太阳照常升起人们照常离去
这冬天大雪的守护者已经降临

从你身上我建造四季的房舍

没有锋芒的食粮也就无法躲藏

我向来相信的事情向来简单

简单到羽毛横飞还是一根羽毛

万物在风中聚拢在聚拢中消散

而萝藦飘落的种子依旧那么鲜亮

雪是不能碰的

雪是不能碰的。就像玉兰花开之后
树下不可以打扫。雪在词的后面

跟不上你。大声说话的人忘了
危险来自哪里。在低矮的屋檐下

雪的领子竖起来。这人间的冷
与气候无关。太阳不过是一层纸

刚刚切开。橘子在滚动的时候出汗
冬笋供出藏匿的地点。雪的呼吸

如同萝藦从绷紧的缝合线上轻轻飞出
不早不晚。一只在万物中接洽的猫

给你带来最新的好消息。仿佛雪
仅仅落在岸上，滑入江水的都是树叶

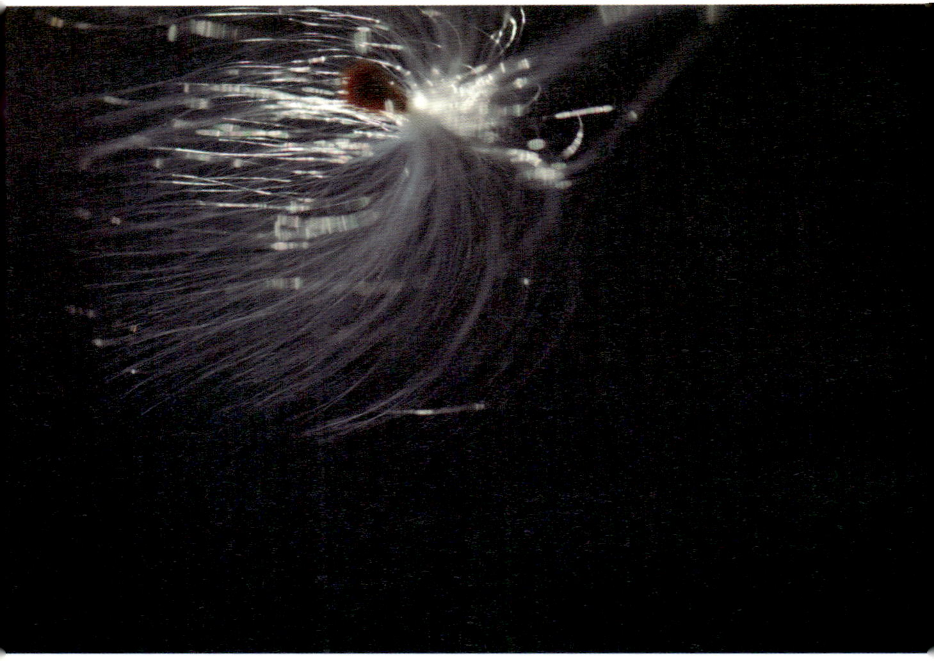

这是我答应的

这是我答应的。星星和萝藦的二月
山茶打开一座山。西湖接走一场大雪

明月不明白的事，叫影子讲述缘由
影子早知道，为什么无患子摇晃不停

船在湖上过冬，水在树上结果
透彻的人已经抵达。你给我一个世界

给世界一粒沙子，给沙子一阵大风
我给你的，是一本页码乱跳的书

命里有的都会有，少不了任何细节
蝴蝶分分秒秒，太绚丽了不会活太久

因为太孤单，轻捷的翅膀铺天盖地
黑夜莽撞，你却看见巨兽移动的踪迹

拜年

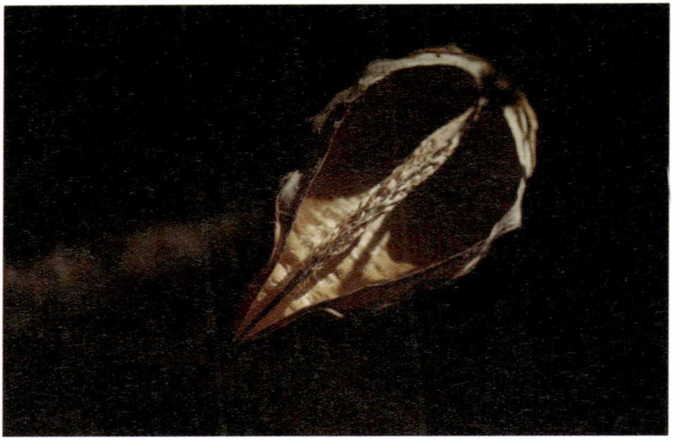

旧年给辞了我给新年拜年。新年刮大风
我给窗外的桃树拜年。桃树等开花等你来

给我的春天拜年。那么多青草没人管过
却养育了肥沃的土地。我给土地拜年最多

拜年都跪在土地上。我给北方的麦田拜年
给土豆给辣椒给勺子拜年，然后溪水流淌

给我的冬笋拜年直到竹林七贤个个笑了
给我的魏晋拜年，在风骨上生出大好河山

我给羽毛干净的乌鸫，给乌鸫不吃的虫子
给虫子丢下的卵给槭树叶的茸毛，一一拜过

最后我给你拜年，萝蘼都看见我哆嗦
大拜二拜之后，我拜倒在一粒种子的上面

茶花

春日蒸蒸。第一朵茶花是冬天开开的
窗子经过擦洗，太透明看不见东西

词语在事物的两边。告诫从来不起作用
茶花和太阳只能选一个。贪婪的人啊

好像失传已久的技艺，突然赤裸而来
唯有茶花。果壳爆裂如经年的鸟鸣

记忆和喜悦无法对视。萝藦缠绕你
顾不上言说。旧山河仿佛一只青花罐

响亮却易碎。足够一个早晨端详
安宁自己找上门。难得一见的安宁

恰恰是茶花的绽放藏匿茶花，恰恰是
一个人在自己后院，想了很多转了很久

像一个哑巴在词语中穿行

像一个哑巴在词语中穿行，唯有此刻
万物被犁铧翻开。这些细微的尘土

这些生命里的节气必然到来。仿佛萝藦
不懂天高地厚到处飞。在江南开花

在江北结果。这些纠葛不断的时日
这些黄金表面的刻画，如同雨后的天色

就在你念念不忘的地方，菡萏满池
莲蓬空空。这些无边的草木生死相依

这些寂寥的风声透过窗棂，已不是风声
而是远去的枝梢，抖动我们的肩胛

这些雨水的阵阵流淌，这些跋涉和怠倦
大地的赞美者，你唯有此刻荣获喜悦

长笛和人声

二月是长笛和人声一起缭绕，是萝藦
飞来的时辰透过篱笆。是躲在墙根儿的

布满黑色细小颗粒的残雪。是我的手指
从手套里暴露出来，却什么也抓不住

仿佛萌动的接骨木，伸开弯曲的枝条
早开堇菜发出一丝尖叫。我的二月

在码头上俯瞰封冻的河流。黄昏的反光
铲走最后一层落叶。猫在屋檐上奔走

鹅绒藤和萝藦分不开的种子，等你回来
风吹送二月，就像枝梢和呜咽混淆着

而泪水在黑夜里继续灌溉。我们的心啊
灵啊为什么不可摧毁，直到此时此刻

梅花引

弄来弄去弄梅花。好像梅花弄好了春天
就在树上下雪的时候。我也看见了你

看见不动的溪水。时光留下啊且留下
萝藦和鸟儿一起飞。萝藦和你一起找到

最早的地方。仿佛二月的堇菜看见三月
傻子在暗中得了宝贝，还不知道究竟

不知道多好啊！梅花的影子认了梅花
梅花在风中不认在地上不认，横竖不认

老干新芽都在。从前打扫的人都在
那边的野鹤闲云呢，这边的小桥过往呢

只有萝藦的树下，香一阵阵花一阵阵
太阳落树上，等你来你不来来不来也等

雨水就是我们的种子

雨水就是我们的种子，词语和蛇的种子
向下生长一直向下，乔木和大地有了着落

有了隆重的云朵，为的是把天空给空出来
种子可以飞芄兰可以绕。星辰可以照耀

黑夜的航行，树叶的船在树上等风吹
太阳可以升起，接送青草和堇菜的种子

你在荒野和大道的中央，等气候不等天气
等万物转折不等万物等你。等万物吩咐

雨水流淌玫瑰发芽，雨水流淌玫瑰开花
在时间的前后，就在我们屋檐的前后滴答

雨的种子串起雨的帘幕，你透过来看啊
到处是雨的种子，才有了去年和来年的萝藦

芄兰的时候

那一年的早春刚到日历上，连紫花地丁
也还没有动静。偶尔的蛾子从枯草里试着

往外跑。灌木害怕的根芽迟迟不肯显露
而芄兰忍不住打开了。借着午后细微的风

从黄昏里升起。仿佛没有黄昏种子飞不走
没有萝藦的种子，苍天和大地一片荒芜

苍天和大地等你来了，才是大地和苍天
万物开始计划，就像藤上对生的新叶

照耀在不朽的乔木上。花开是大片的荒野
花落是大片的庄稼。你来看便是看自己

无一不在。在风中在水边在树下在心上
你来了这个世界，所有一切来的才是时候

后记

结果的萝藦

萝藦于我非常要紧。

几乎是在我心里缠绕着。

以至于到处可以看到。

而且每次遇见宛若初逢，喜不自禁。

至今我也不能完全明白这究竟为什么。

为什么如此着魔。

但我明白：爱是真正的的种子。

可以飞到天涯海角的种子。

没有爱，世界空空荡荡。

萝藦是萝藦科植物。

种类繁多。

野生的，栽培的，都有。

唯独萝藦这个大“科长”，

让我着迷了十多年。

拍摄到的片子，

恐怕也有几万张之多。

我甚至很难回想起它们，

是如何跑到镜头里去的。

萝藦在风中那么自在那么任性。

再高的摄影技巧也显得十分笨拙。

好片子跟技巧没什么大关系。

对摄影师神乎其神的说法不要当真。

用心看。

你会看见千差万别的萝藦。

就像萝藦看见无穷无尽你。

最是什么呢?

萝藦看见萝藦。

植物分类学在我这里只是一个索引。

萝藦在《诗经》里叫芄兰。

就像芦苇是蒹葭一样。

声音有变，面貌不同。

萝藦如老衲，芄兰若少女。

萝藦和芄兰就是一个。

分不开扯不断的一个。

萝藦和芄兰相互缠绕。

藤上结果，如去如来。

2017.02.14

樂府

·

心里满了，就从口中溢出